la c

I0665277

Les éditions de la courte échelle inc.

Sylvie Desrosiers

Sylvie Desrosiers aime autant émouvoir ses lecteurs que les faire rire. Son chien Notdog amuse les jeunes un peu partout dans le monde, car on peut lire plusieurs de ses aventures en chinois, en espagnol, en grec et en italien.

À la courte échelle, Sylvie Desrosiers est également l'auteure de la série Thomas, publiée dans la collection Premier Roman, et de trois romans pour les adolescents. *Le long silence*, paru dans la collection Roman+, lui a d'ailleurs permis de remporter en 1996 le prix Brive/Montréal 12/17 pour adolescents, ainsi que la première place du Palmarès de la Livromanie et d'être finaliste au prix du Gouverneur général. Pour son roman *Au revoir, Camille!*, elle a reçu en l'an 2000 le prix international remis par la Fondation Espace-Enfants, en Suisse, qui couronne «le livre que chaque enfant devrait pouvoir offrir à ses parents».

Sylvie Desrosiers écrit aussi des romans destinés aux adultes et des textes pour la télévision. Et, même lorsqu'elle travaille beaucoup, elle éteint toujours son ordinateur quand son fils rentre de l'école.

Daniel Sylvestre

Daniel Sylvestre a commencé très jeune à dessiner, et ce goût ne l'a jamais quitté. Après des études en arts décoratifs puis en arts graphiques à Paris, il a collaboré à des films d'animation, fait des illustrations pour des revues comme *Châtelaine* et *L'actualité*, réalisé des affiches publicitaires et travaillé en graphisme. Aujourd'hui, on peut voir ses illustrations dans de nombreux pays.

À la courte échelle, Daniel Sylvestre est le complice de Bertrand Gauthier pour les albums Zunik. Il a d'ailleurs reçu le prix Québec/Wallonie-Bruxelles pour *Je suis Zunik*. Il est également l'illustrateur de la série Clémentine de Chrystine Brouillet, publiée dans la collection Premier Roman, ainsi que des couvertures de plusieurs livres de la collection Roman+.

De la même auteure, à la courte échelle

Collection Premier Roman

Série Thomas:
Au revoir, Camille!
Le concert de Thomas

Collection Roman Jeunesse

Série Notdog:
La patte dans le sac
Qui a peur des fantômes?
Le mystère du lac Carré
Où sont passés les dinosaures?
Méfiez-vous des monstres marins
Mais qui va trouver le trésor?
Faut-il croire à la magie?
Les princes ne sont pas tous charmants
Qui veut entrer dans la légende?
La jeune fille venue du froid
Qui a déjà touché à un vrai tigre?
Peut-on dessiner un souvenir?
Les extraterrestres sont-ils des voleurs?
Quelqu'un a-t-il vu Notdog?

Collection Roman+
Le long silence

Série Paulette:
Quatre jours de liberté
Les cahiers d'Élisabeth

Sylvie Desrosiers

QUI VEUT ENTRER DANS LA PEAU D'UN CHIEN?

Illustrations
de Daniel Sylvestre

la courte échelle

Les éditions de la courte échelle inc.

Les éditions de la courte échelle inc.
5243, boul. Saint-Laurent
Montréal (Québec) H2T 1S4

Conception graphique de la couverture:
Elastik

Conception graphique de l'intérieur:
Derome design inc.

Mise en pages:
Mardigrafe inc.

Révision des textes:
Sophie Sainte-Marie

Dépôt légal, 3e trimestre 2002
Bibliothèque nationale du Québec

La courte échelle reconnaît l'aide financière du gouvernement du
Canada par l'entremise du Programme d'aide au développement de
l'industrie de l'édition pour ses activités d'édition. La courte échelle est
aussi inscrite au programme de subvention globale du Conseil des Arts
du Canada et reçoit l'appui du gouvernement du Québec par
l'intermédiaire de la SODEC.

La courte échelle bénéficie également du Programme de crédit d'impôt
pour l'édition de livres — Gestion SODEC — du gouvernement du
Québec.

Données de catalogage avant publication (Canada)

Desrosiers, Sylvie

   Qui veut entrer dans la peau d'un chien?

   (Roman Jeunesse; RJ114)

   ISBN: 2-89021-576-8

   I. Sylvestre, Daniel. II. Titre. III. Collection.

PS8557.E874Q86 2002   jC843'.54   C2002-940939-X
PS9557.E874Q86 2002
PZ23.D47Qu 2002

Chapitre I
Opération RAP:
journal de bord

Enfin, tout près du but.

Bientôt, toutes les revues scientifiques ne parleront que de cette grande découverte.

La gloire.

La fortune.

Attention, pas de précipitation. Il faut pouvoir observer et vérifier les résultats. Les tests sur les grenouilles ont été concluants.

Tester encore. Sur qui? Sur quoi?

Un gros animal serait l'idéal.

Il y a peut-être une possibilité.

Chapitre II

— Que seras-tu quand tu seras grand?
— Détective privé!

Une des plus belles journées de l'année se situe à la fin du mois de juin. Le 21, le 22 ou le 23, jamais la même, c'est celle qui annonce la fin des classes. Comme partout ailleurs, les enfants de ce charmant village des Cantons de l'Est fêtent chacun à leur manière ce grand événement.

Il y en a qui sautent tout habillés dans l'eau de la piscine municipale. D'autres se retrouvent au parc et crient à tue-tête comme des Sioux jusqu'à ne plus avoir de voix. Certains versent quelques larmes parce qu'ils quittent leur professeur bien-aimé, mais c'est loin d'être la majorité.

Pour trois d'entre eux, la fin des classes marque l'ouverture de l'agence Notdog, nommée d'après sa mascotte qui porte sans le savoir le titre de chien le plus laid du village.

Agnès, la jolie rousse qui porte des broches*, Jocelyne, la brunette et l'heureuse propriétaire de Notdog, et John, l'Anglais blond à lunettes, viennent de terminer leur sixième année. Ce trio connu sous le nom des «inséparables» est devenu célèbre au village pour les enquêtes qu'il a menées de main de maître. On peut dire aussi de patte de maître, car Notdog a toujours été de la partie.

En cette belle journée ensoleillée et chaude, Agnès enlève le vieux cadenas qui ferme symboliquement la porte de l'agence, un ancien *stand* à patates frites. Symboliquement, car le cadenas est cassé et ne cadenasse rien.

Dans les villages paisibles, nul ne verrouille les portes des maisons et des

---

* Appareil orthodontique.

voitures. Tout le monde se connaît, se surveille et sait tout sur les uns et les autres.
Cela est fort bien pour la sécurité, mais
très embêtant pour qui veut faire un mauvais coup en cachette.

L'agence est donc telle qu'ils l'ont laissée en septembre dernier. Les papiers de
gomme à mâcher sans sucre traînent toujours. Les crayons aux bouts grignotés
sont restés dans une boîte de conserve.
Des dessins jamais terminés s'empilent
dans un coin. Le fauteuil est couvert des
poils de Notdog et la table en bois est

marquée de sillons d'encre, vestiges des jours d'ennui.

— Il faudra changer l'affiche avec le cheval, dit Jocelyne en entrant. Elle est abîmée et ça fait bébé.

— Dans ma revue scientifique, il y a une très belle photo de langouste. On pourrait la coller à la place, suggère John.

Les deux filles se consultent du regard. Jocelyne essaye d'être diplomate:

— C'est intéressant comme idée mais, moi, j'aime mieux les bêtes à poil qu'à carapace.

— Mais les langoustes ont de la fourrure!

— Depuis quand? Ce sont des homards sans pinces!

— Des homards? Les langoustes ressemblent à des belettes! Sur la photo, la langouste se tient sur ses pattes de derrière, face à un serpent venimeux qui l'attaque. *Cool.*

Agnès comprend et reprend John, comme chaque fois que le garçon fait une faute de français:

— Tu veux dire une mangouste!

— Oui, bon, langouste, mangouste, c'est presque pareil. Le français, c'est vraiment difficile. Saviez-vous que la

14

MANgouste est le seul animal assez rapide pour vaincre un serpent? J'aimerais avoir une mangouste.

— Pour quoi faire? demande Jocelyne. Il n'y a pas de serpents venimeux ici.

Tout content de retrouver son local favori, Notdog fait le tour de l'agence, à la recherche d'un vieux bonbon à moitié sucé que les mulots n'auraient pas repéré durant l'hiver. Soudain, il tend l'oreille. Quelqu'un vient. «Ah, quelque chose d'intéressant, pense-t-il. Ce blabla, moi, je n'y comprends rien.»

Il reconnaît les petits pas et bat de la queue en signe de bienvenue. Une tête ronde apparaît dans l'embrasure de la porte.

— Allo, Dédé! dit Agnès. Alors, as-tu réussi ta première année?

— Oui. Je monte en deuxième.

— Pas de catastrophe?

— Pas trop. Mais je soupçonne ma mère d'avoir comploté avec le cuisinier de la cafétéria. Bizarrement, on servait des légumes justement les jours où je n'apportais pas mon lunch…

John, Agnès et Jocelyne ont un sourire entendu. Voilà bien une phrase à la Dédé.

Car le petit Dédé Lapointe est un charmant garçon de six ans qui a la manie de voir des complots partout.

— Où vas-tu avec ton seau?

— Pêcher des grenouilles. Avant, je suis venu vous offrir mes services. Cet été, je veux être détective avec vous.

Les inséparables cachent mal leur fou rire.

— On pourrait peut-être te trouver une tâche. Tu sais écrire?

— J'écris des codes secrets.

— Ah oui?

— Oui! La preuve, c'est que personne ne comprend ce que j'écris!

— Oh! un futur espion, lance John, flatteur. On ouvrira officiellement après la semaine des camps. Viens nous voir. Es-tu inscrit à une activité?

— Oui, à «Nos amis les reptiles». Et vous?

— À «Science en folie», répond Jocelyne. Veux-tu que Notdog t'accompagne pour la pêche aux grenouilles? Il pourra t'aider et te surveiller en même temps.

Dédé est ravi d'avoir un compagnon. De son côté, Notdog est ravi d'aller lui servir de pelle en creusant des trous partout. Jocelyne les regarde s'éloigner:

— Il y a des jours où j'aimerais être un chien.

Elle n'allait pas tarder à en faire l'expérience.

* * *

L'étang du boisé du Crapaud mou regorge de trésors. Experts en chasse aux grenouilles, Dédé et Notdog en ont déjà douze qui flottent dans un seau de plastique.

— Toi, je vais t'appeler Catherine, dit Dédé en plongeant sa main dans son épuisette pour en agripper une belle verte avec des taches brunes.

Il retourne dans l'eau jusqu'en haut de ses bottes. Dédé a bientôt les pieds complètement mouillés, mais il ne s'aperçoit de rien. Il attrape une grenouille, énorme cette fois.

— Toi, tu seras grand-papa Georges.

Et grand-papa Georges va rejoindre Catherine et ses amies.

— Oh! la jolie couleuvre!

À part les grenouilles, ce que Dédé adore capturer, ce sont les couleuvres. Les noires avec une ligne jaune, les brunes avec le ventre rose. Toutes ces créatures qui glissent avec souplesse dans les hautes herbes sont ses animaux préférés. Il les flatte, les laisse s'entortiller autour de ses doigts, sa main, ses bras. Il les installe même sur sa tête.

Il en garderait bien dans sa chambre, sauf que sa mère refuse catégoriquement de vivre avec des «serpents» dans sa maison.

— Viens par ici, toi.

Dédé s'approche lentement, tend son bras et, vite comme un chat, l'attrape avec une poignée de sable.

— Oh! que tu es belle!

Il la dépose dans sa boîte à couleuvres, secoue ses mains dedans.

Bientôt, il décide de libérer toutes ses captures. Sauf les couleuvres qu'il garde quelques jours dans la remise derrière chez lui.

Il repart, avec Notdog qui trottine gaiement à ses côtés, mais n'a pas conscience de ce qu'il transporte avec lui.

Chapitre III
Méfiez-vous de l'eau qui dort

Le concierge de l'école secondaire du village, M. Ben, surnommé par les ados «MONSIEUR Bénage», ronchonne. La fermeture de l'école est repoussée de deux bonnes semaines, à cause des camps de jour qui y sont installés.

«Ça me fera plus d'ouvrage que pendant l'année. Il y a des animaux et, ça, c'est pire que les jeunes. Enfin, peut-être pas…», pense-t-il en ouvrant les portes d'entrée.

Il est bien le seul à se plaindre. Les enfants et les jeunes qui participent aux camps sont enchantés de commencer l'été sur cette note distrayante.

Tout content de venir à l'école des grands, quoiqu'un peu impressionné, Dédé suit le flot des enfants inscrits à «Nos amis les reptiles». Ils entrent dans le local où, dans leurs cages, serpents, bébés crocodiles, caméléons, tortues ne leur prêtent aucune attention.

De leur côté, les inséparables prennent place dans le local de chimie pour «Science en folie». Agnès admire les fioles, les flacons et l'attirail complet du chimiste.

— Un vrai laboratoire! Avec des étagères pleines d'éprouvettes! s'exclame-t-elle.

— J'espère qu'on fera des expériences dangereuses, rêve Jocelyne en s'asseyant sur un tabouret.

John s'imagine en Docteur Jekyll, concoctant la potion qui le transformera en Mister Hyde. Jocelyne lui donne un petit coup de coude.

— Tu es dans la lune.

— Je pensais à un roman anglais. L'histoire d'un médecin qui invente une potion qui le transforme en être diabolaire.

— Diabolique, tu veux dire, le reprend Agnès qui les rejoint. Je préférerais inventer un élixir qui ferait de moi un génie.

Voilà que l'animateur entre, un jeune homme au pas dynamique et au visage rieur et sympathique. Le silence s'installe graduellement.

— Bonjour. Je me présente: je m'appelle Alex, Alex Pauzé. Je suis très content de passer la semaine avec vous. Je vais commencer par apprendre vos noms.

Devant lui, vingt-quatre yeux attentifs, six garçons, six filles entre douze et seize ans, qui viennent non seulement du village, mais de toute la campagne environnante. Plusieurs ne se connaissent donc pas.

— Les filles: j'ai une Agnès, ah, c'est toi. OK. Une Jocelyne, merci. Une Isabelle, tu es là. Une Josiane, merci et… Je suppose que vous êtes les jumelles Kessler?

— On ne peut rien vous cacher, répond l'une d'elles.

Les jumelles Kessler sont en tous points identiques: grandes, minces et jolies, avec de longs cheveux blonds traînant sur les épaules. Environ quinze ans, vedettes du ballet jazz local.

— Maintenant, les garçons. John? OK. J'ai deux Max: Max Masson et Max

Malo. Lequel est lequel? Merci. Adrien, c'est toi, bon, Frédéric, bien, et Antoine. On va commencer tout de suite avec la première expérience. Voici du bicarbonate de soude et du vinaigre.

Agnès murmure à ses amis:

— Il va nous faire le truc du volcan. Une affaire de deuxième année... Ça promet.

Tout le monde se lève et s'approche.

— Alors...

Effectivement, Alex Pauzé verse du vinaigre sur du bicarbonate de soude, et le liquide monte et explose comme un volcan.

Pendant ce temps, dans le local d'à côté, l'animateur tient dans ses mains un jeune boa. Denis Desouris, collectionneur de couleuvres et autres serpents, au grand dam de son voisinage, se promène d'écoles en garderies pour montrer ses trésors.

— Vous pouvez y toucher, les enfants. Il n'est pas dangereux.

Dédé Lapointe s'approche, sans crainte, et explique aux enfants, à peu près tous de son âge et qui hésitent:

— C'est juste une grosse couleuvre.

Il serre ses petits doigts autour de la peau froide, puis laisse sa place. Il s'arrête devant un vivarium.

— Et ça? Qu'est-ce que c'est?

— Une vipère, répond Denis Desouris. C'est un serpent venimeux, mais il n'a plus ses poches de venin. On parlera d'elle un autre jour.

Un détail attire l'attention de Denis. «Oups!» pense-t-il. Je m'occuperai de ça demain, avant que les enfants arrivent.

La journée se passe sans incident. À la fin, on se prépare à retourner chez soi.

Chacun quitte sa place. Les inséparables sont les derniers à sortir du local. Agnès ne cache pas sa déception:

— La chandelle et le verre renversé, ça aussi, c'était un truc de bébé.

— J'espère qu'on aura des expériences plus passionnelles demain, dit John.

— Passionnantes! Pas passionnelles! pouffe Jocelyne, qui a été plus vite qu'Agnès cette fois-ci. Je vais chercher Dédé pour le ramener.

Elle entre dans le local voisin, déjà vide. Elle en profite pour aller regarder un peu tous ces reptiles grouillants et peut-être gluants. Une petite bouteille d'eau est posée sur l'étagère des cages. Elle a soif. Elle essuie le goulot, prend une gorgée, essuie de nouveau. «Ça ne se voit même pas», pense-t-elle.

Elle ressort.

— Dédé doit nous attendre dehors.

Elle croise Denis Desouris qui retourne à son local et le salue. Elle rejoint ses amis et Notdog qui l'attendait fidèlement dans la cour d'école.

— Avez-vous vu Dédé?

Ils voient alors Alex Pauzé sortir de l'école, suivi de près par une des jumelles

Kessler. Puis c'est au tour de Denis De-souris, de Max Malo, de l'autre jumelle et enfin de Dédé.

Notdog le rejoint et sent les vêtements de son compagnon de pêche à la gre-nouille. «Barre tendre, sandwich au jam-bon et urine d'animal inconnu. Je passe la soirée avec lui!» pense-t-il.

— Où étais-tu? demande gentiment Jo-celyne à Dédé.

— Aux toilettes. Je me lavais les mains depuis dix minutes, on ne sait jamais, avec les microbes. Le concierge m'a dit que c'était trop long. Il m'a poussé vers la porte. Il doit manigancer quelque chose.

— Mais non! Il voulait faire son mé-nage, c'est tout. On y va?

— C'est louche, quand même.

La petite troupe s'éloigne, sans s'ima-giner que Dédé pouvait avoir en partie rai-son. Il y avait quelque chose de louche à l'école.

Chapitre IV
Quand les rêves deviennent réalité

Cette nuit-là, le village est paisible. On entend au loin le coyote qui gémit comme un bébé et le coassement des grenouilles dans les étangs.

Il fait chaud. Pas trop pour John qui vit dans la campagne. Sa chambre est balayée d'un vent doux. Pas trop non plus pour Agnès, qui a aménagé la sienne au sous-sol toujours frais du bungalow où elle vit avec sa famille.

Pour Jocelyne, c'est différent. Elle habite avec son oncle, Édouard Duchesne, le logement au-dessus du dépanneur qui appartient à ce dernier. Il n'y a pas

de vent, dans la rue Principale, et toutes les fenêtres sont ouvertes. Mais ce n'est pas tant la température un peu chaude pour la saison qui fait suer Jocelyne que ce qui se passe à l'intérieur de son corps.

Elle a mal à l'estomac, se tourne, se retourne dans son lit sans trouver de soulagement. Elle s'éveille, se sent mal. Tout tourne autour d'elle et prend des proportions trop grandes pour être réelles, des proportions de cauchemar. Sa tête est enfoncée dans son oreiller et son drap pèse aussi lourd que six couvertures au moins. Elle veut le soulever, n'y arrive pas.

Elle se tortille, glisse vers le bord de son lit. Par terre, à côté, Notdog lève la tête. Il se demande si sa maîtresse veut se lever en pleine nuit et sortir, idée qui ne lui plaît pas trop.

Jocelyne ouvre les yeux, retient un cri: son chien a une tête gigantesque. Sa gueule ouverte pour haleter montre des dents démesurées et effrayantes.

Elle se touche le front: «J'ai de la fièvre, oh! méchante fièvre!»

Elle ferme les yeux et c'est alors qu'elle se sent tomber, tomber, tomber

jusqu'au moment où elle atterrit sur une surface chaude.

«Mauvais rêve, je fais un mauvais rêve.» Pourtant, ce n'est pas son drap qu'elle tâte sous elle: la surface est trop douce. Elle ouvre les yeux et se voit entourée d'arbres jaunes et sans feuilles. Tout à coup, le sol se met à trembler, à se mouvoir. Elle s'agrippe à un arbre.

Elle réalise qu'elle est bel et bien réveillée.

Et qu'elle se trouve quelque part sur le dos de son chien.

Chapitre V

On ne compte
plus les disparus

Le lendemain matin, au laboratoire, Agnès et John commencent à s'inquiéter. Jocelyne est en retard et elle n'a pas l'habitude de traîner le matin, sauf les jours d'école, bien sûr.

— Alex, est-ce qu'on peut attendre encore deux minutes avant de commencer? demande Agnès.

Alex accepte et va jaser un peu avec les autres. Il s'assoit sur un tabouret près des jumelles Kessler.

— Alors vous vous intéressez aux sciences.

— Oui, répondent-elles en choeur.

— Qu'est-ce que vous aimez le plus?

— La chimie.

— Vous en faites à l'école?

— On a eu une moyenne de 100 % cette année.

Il se tourne vers Max Malo.

— Et toi?

— Moi, c'est la biologie.

— Tu es en quelle année? Secondaire deux? Trois?

— Cinq. J'ai sauté deux ans.

— Je vois que j'ai affaire à des jeunes très spéciaux, dit-il en retournant près du tableau noir. (Il sourit.) J'en suis vraiment ravi.

John chuchote à Agnès:

— J'espère qu'il ne me demandera pas combien j'ai en français…

Agnès soupire:

— J'aurais donc aimé être un génie!

— Et sortir d'une oreille?

Agnès met quelques secondes avant de comprendre la blague.

— D'une bouteille, John, pas d'une oreille!

Alex Pauzé s'adresse à tout le groupe:

— Bon. On commence. Aujourd'hui, nous passons aux choses sérieuses.

Il va fermer la porte du laboratoire et voit passer Denis Desouris, pressé, une boîte sous le bras. Les enfants l'attendent dans le corridor.

Denis entre dans son local. Il blêmit tout d'un coup: la vipère a disparu.

* * *

— Vous êtes bien certain que personne n'est entré ni sorti? demande le chef de police à Édouard Duchesne.

L'oncle de Jocelyne est nerveux et très inquiet:

— Certain! Quand je me suis levé, le crochet de la porte-moustiquaire était mis. Notdog était là. Et je ne vois pas pourquoi Jocelyne serait sortie par sa fenêtre. D'autant plus qu'on vit au deuxième étage!

Le chef se penche, regarde dehors.

— Oui, ça fait haut pas mal. Pourtant, ça ressemble à une fugue.

— Une fugue! s'exclame Édouard. Pourquoi aurait-elle fugué? Elle est heureuse, à ce que je sache, et vraiment enthousiaste à propos de son camp de sciences. Puis les trois amis s'apprêtent à

ouvrir l'agence pour l'été. Il n'y a aucune raison, chef!

Le chef se gratte l'oreille droite, comme chaque fois qu'il réfléchit. Notdog l'observe et pense qu'il a bien de la chance de pouvoir se gratter sans être obligé de s'asseoir.

— C'est peut-être un rapt, Édouard.

— Notdog aurait jappé, grogné, mordu, m'aurait réveillé!

Édouard se tourne vers le chien de Jocelyne.

— Ah, si tu pouvais parler! Allez, Notdog! Cherche, cherche Jocelyne.

Mais Notdog reste désespérément assis à sa place.

* * *

À l'école secondaire, Denis Desouris a renvoyé les enfants pour chercher son serpent. Ils ont eu beau protester qu'ils étaient des grands et que les petits serpents ne leur faisaient pas peur, peine perdue. Denis Desouris ne pouvait tout de même pas leur dire que cette vipère-là était venimeuse.

Chapitre VI
Qui veut entrer dans la peau d'un chien?

Sur le palier, derrière le dépanneur, Notdog réfléchit. «Pourtant, je la sens! Elle ne peut pas être loin, son odeur me suit partout où je vais!»

Notdog commence à inspecter tous les coins de SON territoire. Il arpente le terrain bordé par une clôture qui ne ferme rien, puisqu'il n'en subsiste qu'une partie. Mais peu importe qu'il en manque un bout car, en vrai chien, Notdog l'apprécie grandement pour marquer son domaine. De même que tous les chiens du voisinage.

Notdog connaît l'odeur de chacun. «Tarzan est passé par ici. Tiens, Bébé aussi. Sa patte cassée doit donc être guérie. Et… quoi! Pas l'horrible chat obèse de la pharmacienne!» s'indigne Notdog en flairant les limites de la cour. «Attends que je le rencontre, je vais le…»

Notdog pense alors à l'égratignure sanglante que le chat lui a déjà faite sur le museau. «Finalement, je ne lui ferai rien du tout…»

Il croise la petite chatte noir et blanc qu'Édouard Duchesne a prise en affection et qu'il nourrit tous les jours. Pour ces raisons, Notdog la tolère.

Elle traîne lentement son gros ventre grouillant de chatons à naître.

Il repère le passage de la marmotte et un nouveau terrier de mulot, mais aucune trace de Jocelyne. Il doit chercher ailleurs. Mais où? Quelle direction prendre quand le nez guide partout à la fois?

Tout en réfléchissant, Notdog décide de profiter de ce que personne ne le surveille pour se gratter un peu. «Dès que je lève la patte, Jocelyne pense que j'ai des puces.»

Dans le cou de son chien, Jocelyne réfléchit elle aussi. «Je n'ai pas rencontré de magicien. De toute façon, ils ne rapetissent pas les gens pour de vrai. Leurs tours, ce sont des trucs. Je n'ai pas rencontré de sorcière. Ça n'existe pas, enfin, il me semble. Qu'est-ce qui m'est arrivé?»

Juste à ce moment, une patte énorme et poilue, avec des griffes noires usées, s'abat sur elle.

— NONNNNNNNNN!

Notdog ne l'entend pas et se met à se gratter frénétiquement le cou. Du poil vole dans les airs, et le chien grogne de satisfaction. Jocelyne s'agrippe au collier rouge, mais Notdog réussit à le faire tourner autour de son cou. Elle se cramponne à l'anneau qui sert à attacher la laisse, qu'elle ne lui met d'ailleurs jamais. Elle est retournée dans tous les sens, mais elle tient bon.

La séance de grattage s'arrête enfin… pour reprendre de plus belle de l'autre côté. Jocelyne se met à hurler:

— Attends que je retrouve ma taille! Tu vas avoir droit au bain du siècle! Notdog, arrête! Notdog! C'est moi!

Un instant, le chien se fige. «Ça y est, j'ai des mites dans les oreilles, j'entends un drôle de bruit», pense-t-il. Puis il se secoue et décide de reprendre ses recherches.

Il s'arrête souvent, renifle une gomme vieille de trois jours, une borne-fontaine arrosée par tous les chiens du village, une grenouille écrasée.

Il marche et les gens du village le saluent. Plusieurs lui caressent la tête en passant. Jocelyne appelle chaque fois, mais personne ne l'entend.

Elle voit la rue Principale comme jamais elle ne l'a vue. À hauteur de chien.

Des gens, elle n'aperçoit que les genoux, les tibias, les chaussures et les sandales. Des devantures des boutiques, que le ciment qui jouxte le trottoir.

Quand Notdog traverse la rue, elle se cache derrière une touffe de poils pour ne pas voir les pare-chocs des voitures qui viennent trop vite à son goût. Son chien ne regarde que devant lui, certain que la rue lui appartient comme, du reste, le village en entier. Il a vite compris que les voitures s'arrêtaient de toute façon. Mais Jocelyne a peur: «Ce n'est pas possible qu'il soit si imprudent!»

C'est alors qu'une odeur familière lui parvient aux narines, une odeur de frites et de vieille graisse. «On arrive chez Steve La Patate! Oh non!» Elle a juste le temps de se cramponner pour ne pas tomber. Notdog se dresse sur ses pattes arrière. Elle entend un bruit de métal qui frappe le sol.

— Je le savais! Les poubelles! Notdog, sors de là!

Pour une fois qu'il le peut, Notdog en profite. Il renverse les quatre poubelles et fait un festin des restes de poutine et de bacon brûlé. Jocelyne se bouche le nez d'une main tout en se tenant fermement de l'autre. «Ouache! C'est dégueulasse!»

Son ventre bien rempli, Notdog se remet à marcher lentement. Jocelyne peut

enfin errer librement sur son chien. «Hum,
ça fait pas mal longtemps qu'il a été lavé,
lui.»

Du sable et de minuscules cailloux
jonchent son dos. Le poil est sale, huileux,
emmêlé, avec plein de brins d'herbe sèche et
des chardons. Il est difficile de se frayer un
chemin à travers ce pelage tout en noeuds.

«Une vraie forêt vierge, ici! Heureusement, il n'y a ni crocodiles, ni serpents,
ni panthères, ni tarentules. Rien de dangereux», se dit-elle.

Elle n'a pas pensé aux puces.

* * *

À l'école secondaire, c'est la consternation. Le chef est venu questionner tout le monde. Qu'a fait Jocelyne, hier? Dix fois, John et Agnès relatent ses moindres allées et venues.

Les deux inséparables veulent chercher de leur côté. Mais ils se posent la même question que Notdog: par où commencer?

Chapitre VII
La puce à l'oreille

Pendant ce temps, Édouard Duchesne cherche une bonne photo de Jocelyne. Lui et le chef ont décidé de l'afficher sur tous les poteaux du village et des environs. Bien sûr, la majorité des habitants connaissent Jocelyne. Mais il y a les gens de passage, les touristes. On ne sait jamais.

Les deux hommes ont écarté l'hypothèse de la fugue. S'il s'agit d'un enlèvement, il ne peut être question d'une rançon: Édouard Duchesne ne possède aucune fortune.

Il se demande ce qu'il pourrait bien offrir en récompense à qui trouverait sa nièce. N'importe quel article de son dépanneur? C'est peu, sauf que c'est tout ce qu'il a.

* * *

John et Agnès ont fait le tour du village toute l'heure du repas de midi. Ils sont passés voir Édouard Duchesne. Ils ont cherché dans les rues avoisinantes. Ils ont questionné les gens, pour se faire répondre que la police leur avait déjà posé un million de questions au moins.

Ils retournent à leur camp bien malgré eux. Inquiets, leurs parents leur ont interdit de se mêler de ce qui pourrait être aussi grave qu'un enlèvement. Et puis ils tiennent à savoir exactement où sont leurs enfants, les jugeant en sécurité au camp de sciences.

Les parents se trompent parfois.

— Si au moins on savait où se cache Notdog! soupire Agnès.

— Il est peut-être entre les mains des raquetteurs? suggère John.

— Des ravisseurs, John, pas des raquetteurs.

En pénétrant dans l'école, ils croisent le concierge, M. Bénage.

— Eh! C'est à vous, ça?

Il leur tend un cahier.

— Non, répond John.

— Prenez-le tout de même et cherchez à qui il peut appartenir. Moi, je n'ai pas envie… pas le temps, je veux dire.

— Mais on n'a vraiment aucune idée…

Le concierge interrompt Agnès:

— C'est sûrement à l'un d'entre vous. Je l'ai trouvé au pied d'un arbre, dans la cour, là où tout le monde a mangé ce midi.

Et il s'en retourne à son travail en traînant son balai et sa mauvaise humeur.

John ouvre le cahier: pas de nom. Il tourne la page: OPÉRATION RAP: JOURNAL DE BORD.

Les deux inséparables lisent ce qui est écrit.

— Étrange, John, tu ne trouves pas?

John va à la page suivante.

«Test numéro 2: une réussite. Avant de tester sur un humain, retrouver l'animal. Les effets devraient disparaître d'ici un ou deux jours.»

Le texte s'arrête là.

— Je me trompe peut-être, mais je crois qu'on a quelque chose d'importun dans les mains.

— D'important, John, pas d'importun. Je suis d'accord avec toi.

— Si on ajoute un T au mot RAP, tu sais ce que ça signifie? demande John.

— RAPT! Enlèvement!

Alex Pauzé surgit dans l'embrasure de la porte du laboratoire.

— Vous venez? On commence!

John cache le journal dans les poches de son pantalon. Et ils pénètrent dans le local.

* * *

Dans le jardin derrière chez lui, Dédé Lapointe s'ennuie. Il est bien déçu. Dès le deuxième jour de «Nos amis les reptiles», l'animateur tombe soi-disant malade. Quoi faire? Sa mère lui a interdit de sortir des limites de leur propriété. Et il a déjà laissé filer la dernière couleuvre qu'il avait attrapée.

Assis dans l'herbe, les coudes sur les genoux et les joues dans les mains, il regarde le jardin immobile. Pas même un insecte.

Soudain, ses petits yeux de chat repèrent un mouvement familier, furtif et vif. Dédé bondit et saisit la forme mince et rampante.

— Ah! je t'ai eue!

Il tient solidement la tête de la couleuvre qui se débat. Il court dans la remise et la dépose dans un vivarium. Il retire sa main juste au moment où elle allait le mordre. Il met un couvercle. Il l'observe à travers la vitre.

— Tu es bizarre, toi, tu as des crochets.

Mais ce qui le frappe soudain, dans le vivarium, c'est un grain de sable. Un grain de sable qui bouge, qui saute. Il entrouvre le couvercle, plonge une petite épuisette et ramasse le grain de sable danseur.

— Je vais t'examiner.

Il l'installe sous la lentille de son microscope jouet.

— Tu es peut-être un être venu de l'espace pour nous envahir et qui a pris la forme d'un grain de sable pour passer inaperçu!

Il tourne la lentille. L'image se précise.

— Qui a dit que je ne ferais pas un bon détective?

* * *

— Excusez-moi, je peux aller aux toilettes?

— Mais oui.

John se lève de sa place, lançant à Agnès un coup d'oeil entendu. Il sort du laboratoire, mais au lieu de se diriger vers les toilettes, il sort de l'école. Il va au jardin et, après réflexion, il choisit un arbre en retrait. Il dépose le journal à côté et retourne rapidement au laboratoire. Il reprend sa place et chuchote à Agnès:

— C'est fait. On verra à la rose si quelqu'un le cherche.

— À la pause, John, pas à la rose.

* * *

Peu importe où il pose la patte, Notdog rencontre quelqu'un qu'il connaît.

Le chien le plus laid du village fait pratiquement partie du décor. Il s'est même trouvé des gens, et pas seulement des enfants, qui ont proposé qu'on fasse de lui l'emblème du village. Quand un policier le voit passer tout seul, sans laisse, s'il s'approche de lui, ce n'est pas pour l'attraper, mais bien pour lui faire une caresse.

— Salut, Notdog!

— Bonjour, mon gros!

— Veux-tu un biscuit?

— As-tu perdu ta maîtresse?

Notdog avance d'un pas sautillant jusqu'au bout de la rue Principale. Il n'a pas oublié Jocelyne. Il est toujours aux prises avec cette odeur qui ne le quitte pas et ne le guide donc pas.

«Mon seul espoir est que je reprenne ma taille, pense Jocelyne. Mais je ne sais même pas ce qui a pu me faire rapetisser. Un microbe? Un virus? Quelque chose que j'aurais mangé? Bu?

«Le lait, l'eau chez moi? Non, mon oncle et mon chien auraient rapetissé aussi. Le jus de mon lunch d'hier? À éliminer, j'en avais bu un autre de ce paquet-là sans problème. L'eau dans le local de Dédé? La bouteille était déjà ouverte…»

Elle en est là dans ses réflexions quand, tout à coup, elle sent le sol vibrer. Il ne s'agit pas du balancement régulier de la démarche de Notdog. Ça bouge SUR son chien. Et cela avance vers elle.

Cela surgit soudain d'une touffe de poils: un insecte sans ailes, brun, hideux, menaçant et terrifiant. Un animal qui d'ordinaire ne mesure que deux millimètres: une puce gigantesque!

La voilà devant Jocelyne, affamée, prête à piquer et à sucer du sang pour se nourrir.

Jocelyne lance un cri de terreur:

— À l'aide!

Notdog s'arrête: «Jocelyne! Ma maîtresse! Elle n'est pas loin!» Il tourne sur lui-même, bondit à l'est, se ravise. Il vire à l'ouest, change d'idée, au nord, au sud, jusqu'à s'étourdir.

Jocelyne tombe, rampe pour fuir, recule, s'empêtre dans la forêt poilue. La puce avance, se faufile avec facilité entre les obstacles érigés sur son chemin. Jocelyne se prend les pieds, les cheveux dans la toile de poils. Voilà la puce tout près d'elle, prête à l'écrabouiller, l'écraser, n'en faire qu'une bouchée.

C'est à cet instant que le tremblement de terre se produit.

Notdog vient de détaler. Il tourne à gauche, vers la campagne, en direction de la maison de Dédé Lapointe. Il y avait le son «D» dans l'appel qu'il a entendu. Dans son dictionnaire, cela correspond à dodo ou Dédé. De plus, il sait que Dédé, lorsqu'il le verra, lui donnera du fromage, du pain et peut-être de la crème glacée, s'il arrive à l'heure de la collation.

«La puce s'est cachée, pense Jocelyne. Mais elle n'a pas disparu pour autant.»

* * *

Le soleil de quinze heures tape fort. Tous prennent leur pause à l'ombre des arbres du jardin de l'école secondaire. Un peu à l'écart, John et Agnès observent.

Affublé de longs gants, Denis Desouris marche à quatre pattes dans l'herbe.

Sans en avoir l'air, les jumelles Kessler, chacune de leur côté, inspectent le jardin, centimètre par centimètre.

Max Malo se promène, mains dans les poches, l'air débonnaire. Un moment, il s'appuie sur l'arbre au pied duquel se trouve le journal, mais il ne le voit pas. Il essuie ses lunettes.

Alex Pauzé parle à l'un et à l'autre, zig-zague entre les arbres. Finalement, il donne le signal de rentrer.

Alors que tout le monde est déjà sur les marches du perron de l'école, Alex aperçoit le journal. Il le ramasse, l'ouvre, le referme. Puis il le glisse sous sa chemise.

John et Agnès devront attendre la fin du cours pour échanger leurs impressions. Ils comptent aller discuter à l'agence.

Quand ils y arriveront, une surprise les attendra.

Chapitre VIII

Même si on ne voit rien, on peut échanger des points de vue

— Qu'est-ce que tu fais ici?

Dédé est assis dans le vieux fauteuil de l'agence, un bocal sur les genoux.

— Je vous attendais. J'ai une découverte bizarre à vous montrer, répond-il à Agnès.

Elle dépose son sac à dos et s'installe près de lui.

— Écoute, Dédé, on n'a pas vraiment le temps, aujourd'hui. Tu sais que Jocelyne a disparu? Oui. Bon. On va essayer de la retrouver de notre côté.

— Mais…

John s'approche:

— Dans une enquête, chaque minute compte. On regardera ta volaille une autre fois.

Agnès et Dédé se tournent vers John, des points d'interrogation dans les yeux.

— Bon, ce n'est pas volaille… Euh… Muraille? Travail? Une découverte, ça finit par «aille»!

— Trouvaille, John, le reprend Dédé. Dans une enquête, il ne faut rien négliger, même quand ça semble être sans rapport.

«Voilà un bon argument, hi, hi!» pense Dédé, qui ne croit pas du tout qu'il y ait un lien entre sa découverte et Jocelyne.

Avec un peu d'impatience, Agnès soupire:

— D'accord, montre-nous ça.

Dédé dépose son bocal, l'ouvre.

— C'est juste un grain de sable, dit John.

Dédé lui tend une loupe.

— C'est une grenouille! C'est la première fois que j'en vois une si petite.

Il refile la loupe à Agnès qui examine la trouvaille de Dédé à son tour:

— À part la taille, qu'est-ce qu'elle a de spécial?

— C'est justement ça. Sa taille. Ça n'existe pas, une grenouille si petite!

Agnès referme le bocal troué d'entrées d'air.

— Eh bien, tu viens d'en découvrir une. Bravo. Maintenant, laisse-nous travailler, veux-tu? On regardera tout ça plus tard.

Elle le pousse doucement dehors.

— Je peux peut-être vous aider à trouver des indices? Je suis bon, vous en avez la preuve! continue Dédé avec espoir.

— C'est trop dangereux. Et puis retourne chez toi, avant que ta mère s'inquiète.

— On le raccompagne, Agnès, on ne sait jamais.

En marchant vers la maison de Dédé, John et Agnès discutent.

— Donc, Denis Desouris cherchait son serpent, c'est sûr, dit Agnès.

— J'en ai attrapé un pareil, les mêmes couleurs, tout, mais minuscule, intervient Dédé.

Les deux inséparables ne l'écoutent pas.

— Les jumelles cherchaient aussi quelque chose. Sauf qu'elles n'ont pas vu ni ramassé le journal, poursuit John.

— Max Malo avait l'air de juste se promener, mais ses lunettes cachaient ses yeux.

— Alex Pauzé l'a ramassé, lui. Question: le journal est-il à lui ou l'a-t-il ramassé par hasard?

— S'il n'est pas à Alex, alors quelqu'un ne l'aurait pas ramassé par exprès, pour ne pas être vu.

— C'est une hypothèque.

— Une hypothèse, John, pas une hypothèque.

Ils arrivent chez Dédé. Une autre surprise les y attend. Quand elle le voit assis dans l'entrée de la remise, Agnès serre Notdog dans ses bras, l'embrasse:

— Tu es là! On t'a cherché partout!

En entendant son amie, Jocelyne saute de joie. Enfin! La libération est proche. Elle hurle de toutes ses forces le nom de ses amis.

John s'approche du chien.

— Allo, mon gros. Il faut que tu nous aides à trouver Jocelyne. Jocelyne! Tu comprends ça!

Il gratte avec vigueur les oreilles et le cou de Notdog. Ce qui fait tomber Jocelyne sur le sol humide de la remise. Elle gesticule, appelle.

— Il y a un drôle de bruit, ici, remarque Agnès. Ce doit être un insecte quelconque. Bon, on a bien fait de venir. Maintenant qu'on a Notdog avec nous, on va trouver Jocelyne, j'en suis sûre. Viens, Notdog.

Le chien le plus laid du village obéit et suit les deux inséparables. Après quelques pas, il s'arrête net.

«L'odeur de ma maîtresse a changé de place! Elle me suivait partout mais,

maintenant, elle est rendue derrière moi.»
Il rentre dans la remise, colle son nez au
sol et commence à chercher. «Elle n'est
pas loin…»

— Ici, mon chien! crie Jocelyne en
s'élançant vers lui.

Une autre voix couvre la sienne.

— Elle n'est pas ici, Notdog! Viens, or-
donne John.

Il l'empoigne par le collier et sort.

Dédé suit et referme la porte derrière
lui, abandonnant Jocelyne à son sort.

* * *

— Qu'est-ce qu'on fait, maintenant,
John? demande Agnès.

— Je suggère qu'on aille à l'école.
Notdog pourra peut-être trouver une piste,
qui sait? Ce journal me chipote…

— Chicote, John, pas chipote. Moi
aussi. Mais l'école sera fermée.

— Il y a les jardins, la route, le station-
nement. Notdog peut renifler tout ça.

Dédé marche à côté d'eux:

— J'aurais quand même aimé vous
montrer ma couleuvre à crocs.

— Une autre fois.

Les inséparables remettent Dédé à sa mère pour s'assurer qu'il ne les suive pas. Puis ils reprennent la route du village. Sur les poteaux qu'ils croisent, ils voient des affiches avec la photo de Jocelyne et une promesse de récompense à qui la trouvera: n'importe quel article du dépanneur ou des bonbons gratuits à vie.

John poursuit la réflexion:

— Si je me souviens bien de ce qui était écrit dans le journal, nulle part il n'y avait de «je».

— C'est vrai! Ni de «nous». Ce qui signifie...

— Que cette OPÉRATION RAP peut être menée par une ou par plusieurs personnes, conclut John.

— On parle de revues scientifiques. Il s'agit donc d'expériences.

— Les jumelles Kessler sont des génies en chimie.

— À la deuxième page, on parle de retrouver l'animal. Denis Desouris a perdu son serpent et le cherche partout, remarque Agnès.

— Et si le journal appartient bel et bien à Alex Pauzé? Il ne l'a rendu à personne.

Et il n'a pas cherché à savoir qui l'avait perdu, constate John.

— On exclut tous les petits de «Nos amis les reptiles». Dans notre groupe, je ne vois personne d'autre car ils jouaient tous au ballon ce midi.

— Et Max Malo? Il était dans le jardin, lui aussi. Il a dit être un amateur de biologie. Expérience, animal, humain, ça pourrait décoller.

— Coller, John, pas décoller. Oui, mais QUELLE expérience? Et si on fabulait? Ce journal pourrait tout aussi bien ne pas être sérieux.

— Découverte, expérience, animal, humain; un serpent qui disparaît, Jocelyne qui disparaît... Il me semble que tout ça est lié.

— Tu as peut-être raison, mais comment?

Quand ils arrivent à l'école, ils sont surpris de constater qu'elle est ouverte. M. Bénage bougonne:

— Ils sont encore tous là! Si ça continue, on va m'obliger à coucher ici.

Chapitre IX

Les remises de l'archiduchesse ont-elles des brèches, des archigrosses brèches?

«Tiens, un chien. Hum, mieux qu'un serpent. Quelques gouttes devraient suffire. Avec la formule maintenant perfectionnée, ça devrait agir instantanément. Ça ne lui fera pas de mal.»

Sans savoir qu'il est observé, Notdog entre dans l'école, à la suite de John et Agnès.

— Salut, toi! Il est à vous? demande Max Malo en caressant la tête du chien.

— Non, à Jocelyne.

— Toujours pas de nouvelles? Non? Mais que fait donc la police? Si jamais je peux vous aider à chercher, je veux bien. (Puis, s'adressant à Notdog:) Hé, je gage que tu veux t'amuser!

Surgit Alex Pauzé:

— Des nouvelles? Aucune? Je peux peut-être me rendre utile. J'ai déjà vu ce chien... Il n'est pas très beau, je trouve.

— C'est Notdog, le chien de Jocelyne.

Au tour des jumelles d'apparaître et de demander en choeur:

— Alors? Rien? Si on peut vous aider... Oh! quel joli chien! Est-ce qu'on peut jouer avec lui cinq minutes? On ADORE les animaux!

Le mot JOUER fait partie des vingt mots qui constituent le vocabulaire complet de Notdog. Il bat de la queue, toujours prêt.

— Bon, d'accord, acquiescent John et Agnès. Juste cinq minutes, on a besoin de lui.

Les jumelles sortent avec Max.

Arrive Denis Desouris, accablé:

— Toujours pas de trace de la petite? Malheur! Je... je crois que... c'est ma faute...

— Pardon? lance Alex, aussi surpris que John et Agnès.

— Suivez-moi.

Ils pénètrent dans le local de Denis Desouris, qui ferme la porte derrière lui.

— Voilà. La vipère qu'il y avait dans cette cage a disparu.

— On le sait.

— Je… euh… je comptais essayer de la retrouver moi-même, car, euh… ma réputation est en jeu, voyez-vous… Je n'ai pas fait exprès… je ne comprends pas comment elle s'est retrouvée là…

— Comment elle s'est échappée, vous voulez dire? demande Agnès.

— Euh… oui… euh… non… c'est-à-dire que la vipère enfuie n'était pas la bonne. Elles se ressemblent, vous comprenez, et je me suis trompé de cage. Je voulais les échanger en arrivant ce matin et… je me suis levé un peu en retard… L'autre vipère est dans cette boîte, là. Celle qui s'est enfuie est… euh… venimeuse.

— Oh non! s'écrient Agnès, John et Alex.

— Si votre amie n'a pas été retrouvée, j'ai bien peur qu'elle n'ait été mordue… Je dois avertir la police.

— Mais comment la vipère se serait-elle échappée? demande John.

— Je ne sais pas! La cage était verrouillée. Et le serpent était bien trop gros pour passer à travers le grillage.

— Attendez.

Alex Pauzé va dans son local et revient avec le journal.

— J'ai trouvé ça, ce midi. Il y a peut-être un lien.

Denis Desouris lit:

— Ça parle d'expériences et de grenouilles.

— Et de retrouver un animal, précise Alex.

— Ce journal n'est pas à vous? demande Agnès.

— Non, je l'ai trouvé au pied d'un arbre.

— Vous n'avez pas cherché qui en était l'acteur?

— L'auteur, John, pas l'acteur, souffle Agnès.

— Non, je… j'aurais dû, sauf que j'étais curieux… je voulais attendre la suite…

Agnès réfléchit:

— On a pensé à rapt, enlèvement, mais…

C'est John qui termine la phrase:

— Ça peut aussi être RAP pour «rape-tisser»!

Denis Desouris se met à trembler:

— C'est terrible! Si ce serpent a rape-tissé au point de pouvoir sortir, on ne le retrouvera jamais! Et il peut tuer!

— Notdog! lance Agnès. Il va nous aider.

Elle court le chercher.

Elle voit alors Max Malo sortir une bouteille d'eau de son sac, la déboucher et s'approcher de Notdog.

* * *

Pendant ce temps, dans la remise, Jocelyne se décourage. Elle a exploré partout, cherché vainement une issue, une ouverture dans un mur, une fente dans le plancher, un espace sous la porte.

Péniblement, elle a réussi à grimper jusqu'à la petite fenêtre. La remise est un tel fouillis que des tas de boîtes, de guenilles et d'outils l'ont aidée dans son escalade. Peine perdue, la fenêtre est collée par de la peinture.

La voilà sur l'établi où Dédé a déposé le bocal contenant sa couleuvre.

«Heureusement qu'il est bien fermé», pense-t-elle en voyant la tête démesurée du reptile. Il ouvre la gueule. Elle aperçoit les crocs. Elle recule, terrifiée.

À ce moment, la porte s'ouvre. Dédé vient jouer.

* * *

Agnès assiste à la scène la plus étrange du monde.

Max est avec Notdog dans un coin retiré et n'a pas remarqué Agnès qui s'approche. Il verse quelques gouttes d'eau dans la gueule ouverte du chien. Quelques secondes après, Notdog rapetisse à vue d'oeil.

Saisie un instant, Agnès comprend ce qu'elle vient de trouver. Elle accourt.

— Qu'est-ce que tu as fait à Notdog?

Max, qui se croyait seul, se met à bafouiller:

— Rien, je…

— Rien? Notdog a la taille d'une souris et tu dis «rien»?

À côté d'elle, Notdog sautille et jappe avec une toute petite voix. Soudain, pouf! Il reprend sa taille. Comme si on gonflait un ballon.

— Tu vois, il n'a rien.

Agnès éclate:

— Et la vipère, elle? Et mon amie, elle?

— Je vais t'expliquer.

— Tu vas t'expliquer devant tout le monde! Suis-moi.

Elle entraîne Max et rejoint les autres:

— Voici le coupable! (Elle saisit la bouteille d'eau et la dépose sur le pupitre.) Et voici quelque chose qui va vous intéresser.

Max se défend:

— Coupable de quoi? D'avoir réduit la vipère? C'était pour l'avancement scientifique! Je viens de faire une découverte fabuleuse! Ne vous inquiétez pas, la vipère retrouvera sa taille. Ce n'est pas si grave si elle s'enfuit dans la nature. Quant à la disparition de votre amie, je n'ai rien à voir là-dedans.

— Pas si grave? Mais le serpent est venimeux! lance Denis Desouris.

Max reste interloqué:

— Je croyais qu'il n'avait plus son venin… Si j'avais su, jamais je…

Agnès le coupe:

— Quand la vipère reprendra-t-elle sa
taille?

— Je ne sais pas au juste. J'avais mis
pas mal de potion dans son eau.

C'est alors que John devient tout
blême:

— Dédé! Agnès, te souviens-tu que
Dédé a voulu nous montrer sa couleuvre?

— Oui.

— Te souviens-tu qu'il a dit qu'elle
était pareille au serpent à l'école?

— Oui. Et qu'elle avait des crocs! Vite!

«J'espère qu'on arrivera à temps!»
pensent-ils tous en courant. Ils croisent les
jumelles Kessler sur la route.

— Où allez-vous comme ça?

— Sauver un enfant! répond Max.

— On y va aussi!

Chapitre X
La langue de vipère

Dédé regarde sa grenouille à la loupe. Il parle à la couleuvre.

— C'est peut-être un coup monté par des terroristes. Ils ont lâché des millions de grenouilles microscopiques partout dans la région. Pour que les enfants ne puissent pas les trouver et passent des vacances plates.

Jocelyne se rend sous la loupe. Elle fait de grands signes à Dédé. Il recule, rapproche la loupe. Il se frotte les yeux.

— Jocelyne?! Qu'est-ce qui t'est arrivé? Tout le monde te cherche!

Jocelyne crie le plus fort qu'elle peut:

— N'ouvre pas le bocal de la couleuvre!

— Quoi? La couleuvre? Je vais te la montrer si tu veux.

— NON!

Juste à ce moment, pouf! La grenouille reprend sa taille normale. Pouf! Jocelyne reprend sa taille normale. Elle se retrouve assise sur l'établi devant Dédé.

— Dédé! J'ai eu tellement peur pour toi!

— Pour moi?

— Oui, ta couleuvre n'en est pas une, c'est…

Pouf! Dans un bruit d'éclats de verre brisé, la couleuvre reprend elle aussi sa taille en tombant par terre.

Étourdie quelques secondes, elle retrouve ses sens et se dresse, menaçante.

— Ne bouge pas, Dédé! C'est un serpent venimeux.

Jocelyne lit la terreur dans les yeux du petit garçon qui réalise que sa «couleuvre» aurait pu le mordre plusieurs fois depuis qu'il l'a attrapée.

Jocelyne cherche comment se sortir de là. Le serpent est entre eux et la porte. Elle n'a pas appris à faire face à ça. À un ours, oui, on fait du bruit, on crie, on fait la morte. Enfin, c'est ce qu'on lui a dit. Mais face à un serpent?

La porte s'ouvre bruyamment.

— Attention! hurle Jocelyne.

Personne n'a le temps de voir quoi que ce soit, sauf Notdog. À lui non plus on n'a pas appris à chasser le serpent. Mais le chien le plus laid du village a l'instinct le plus développé du village, et peut-être du monde, quand il s'agit de défendre sa maîtresse.

Il bondit sur la vipère, l'attrape juste sous la tête et serre la gueule. Le serpent

se défend, se tortille, déploie toute la puissance de son corps musclé pour s'extirper de l'emprise du chien. Notdog tient bon.

Denis Desouris enfonce une guenille dans la bouche du serpent. Il déniche une boîte solide, une paire de longues tenailles dans un coin, saisit l'animal dans la gueule de Notdog, le jette dans la boîte et la referme solidement.

Pendant un instant, tous restent sans voix et figés. C'est Dédé qui rompt le silence.

— Attends que je raconte ça à ma mère!

— Attends! dit Agnès.

Dédé est déjà parti.

Sa mère venait justement de sortir de la maison pour voir ce qui se passait. Deux minutes plus tard, elle tombe dans les pommes.

Chapitre XI

Opération D: dénouement, dépanneur, détectives

Quand Édouard Duchesne a vu Jocelyne pousser la porte du dépanneur, il a carrément sauté par-dessus son comptoir pour aller la serrer dans ses bras. Sa nièce est devenue sa fille, son trésor et la douceur dans son coeur.

Maintenant, ils sont tous là: Agnès, John, Dédé, sa mère, Alex Pauzé, Max Malo, Denis Desouris, les jumelles Kessler, le chef de police.

— Nous, on cherchait des indices pour trouver Jocelyne, expliquent les jumelles, toujours en choeur. On voulait la récompense.

— Faites le tour et choisissez ce qui vous plaira! dit Édouard, qui donnerait tout ce qu'il a tellement il est heureux.

Le chef se tourne vers Denis Desouris:

— Êtes-vous certain que ce serpent est en lieu sûr?

— Oui, chef. Je le rapporte dès ce soir. Et je lui enlève ses poches de venin.

Max s'approche de Jocelyne:

— Je suis vraiment désolé de ce qui t'est arrivé. Je suis coupable malgré moi. Mais comment as-tu eu accès à ma potion?

— Dans le local des reptiles. J'avais soif.

— Oh! c'est toi qui es entrée? Je versais la potion dans l'eau quand j'ai entendu quelqu'un venir. Je me suis caché et je ne pouvais rien voir.

Le chef s'avance vers Max:

— Jeune homme, on ne s'amuse pas à tester sur les autres ce qu'on concocte chez soi!

— Oui, répond Max, piteux.

— Mais tu as fait une sacrée découverte! Tu seras la gloire de la région! enchaîne le chef, tout fier.

Alex soupire:

— Je fais des sciences depuis des années. J'aurais tellement aimé découvrir quelque chose, n'importe quoi.

— Tu pourrais m'aider à inscrire et à présenter ma découverte. Je ne sais pas comment faire. Et puis, oh! ma bouteille! Dans l'énervement, je l'ai laissée sur le pupitre.

— On va la récupérer tout de suite, dit Alex. Et c'est sûr que je vais t'aider, champion.

C'est alors que les jumelles les rejoignent:

— On a choisi. On a trouvé ça au fond du magasin, dans une boîte. Il y en a trois autres pareils.

Dans les bras d'une des jumelles, un minuscule chaton noir et blanc.

— Oh, la chatte a eu ses petits! s'émeut Jocelyne, qui caresse le chaton du bout du doigt, imitée par tout le monde.

«Et moi? Je n'ai droit à rien? Une caresse? Une récompense? Après tout, j'ai sauvé la vie de quelqu'un! Tassez-vous, les mangoustes», pense Notdog, qui s'affale par terre en soupirant.

Jocelyne se penche vers lui, comme si elle avait lu dans ses pensées:

— Mon bon chien! Je t'aime! Tu sais, tu es encore plus rapide qu'une mangouste! Un vrai héros. Que dirais-tu d'une crème glacée?

Notdog se lève d'un bond.

— Et d'un bain antipuces?

«Quoi?»

Le petit Dédé Lapointe tire sur la main d'Agnès:

— Est-ce que vous me prenez avec vous à l'agence Notdog, maintenant?

Agnès consulte John:

— Qu'est-ce que tu en penses?

John lui tend la main:

— Bienvenue dans notre équipage!

— Équipe, John. Mais équipage est tout aussi bon, dit Agnès.

Pendant ce temps, à l'école, M. Bénage range le laboratoire. «Eh! que j'ai chaud. Tiens, une bouteille d'eau sur le pupitre.»

Il en boit trois grosses gorgées.

Table des matières

CE

Achevé d'imprimer
sur les presses de Litho Acme inc.